번역가 아빠의 잔혹명랑 육아 에세이

맨날 말썽 대체로 심술 그래도 사랑해

이 책의 등장인물을 소개합니다

앙크

본명: 이가온
나이: 11살
성격: 다정다감, 가끔 엉뚱,
주로 양보함, 사려 깊음
좋아하는 것: 아빠
싫어하는 것: 발 냄새
취미: 그림 그리기
특기: 철학적인 대화
특징: 어른보다 생각이 깊음

뽀기

본명: 이현
나이: 7살
성격: 시종일관 명랑발랄,
주로 양보를 권함
좋아하는 것: 엄마
싫어하는 것: 남자랑 자는 거
취미: 먹기
특기: 넉살
특징: '기형적' 귀여움

번역가 아빠의 잔혹명랑 육아 에세이

맨날 말썽
대체로 심술
그래도 사랑해

글·사진 이원경

정글짐북스

앙크를 안고 뽀끼를 이고

푹푹 찌는 한여름의 무더위가 절정으로 치닫던 어느 여름, 몇 달만 지나면
우리 나이로 네 살이 되는 앙크가 작업실에서 밀린 일에 치여 끙끙대는
아빠를 말똥말똥 쳐다보며 말을 겁니다.

"아빠."

"응?"

"아빠."

"왜?"

"아빠."

"왜 자꾸 불러?"

"아빠가 좋아서."

감격? 감동? 행복? 그런 단어로는 설명할 길이 없는, 깊고 무거운 뭔가가
아빠의 심장을 땅속까지 짓누르는 기분이었어요. 몸집으로 따지면 아빠의
5분의 1도 안 되는 작고 어린 것이, 아빠의 머리와 가슴과 살아온 인생으로는
도저히 말할 수 없는, 생각조차 할 수 없는 웅숭깊은 사랑을 단 한마디로

건네주었습니다. 내 자식은 내가 키우는 존재니 줘야 할 것만 있고 받을 것은 없거나, 거의 없겠거니 생각했습니다. 하지만 이날 이 순간, 깨달았어요. 부모가 자식에게 주는 사랑은 자식이 부모에게 베푸는 무조건적인 사랑에 비할 바가 못 된다는 걸 말이죠. 첫아이 앙크가 태어나고 햇수로 10년이 흘렀습니다. 결혼 후 5년 만에 얻은 자식이라 처음에는 그저 신기하고 예쁘기만 했지요. 하지만 머릿속으로만 상상하던 육아의 현실은 그렇게 녹록지 않았습니다. 불과 몇 달 만에 '이건 짐이다'라는 생각마저 들더군요. 육아 문제로 아내와 말다툼도 잦아졌고, 재미있는 장난감을 얻은 것처럼 뿌듯하던 기분은 금세 신기루처럼 사라지고, 내가 왜 이 인생을 책임져야 하나 하는 회의로까지 번졌습니다. 그 작은 존재를 이해할 수가 없었어요. 네가 왜 내 곁에 있는 것이냐. 아무리 마음으로 묻고 또 물어도, 어린 앙크는 그저 맑은 구슬 같은 눈으로 뭔가를 끊임없이 갈구할 뿐이었습니다. 내가 줄 수도 없는 사랑을 왜 자꾸만 달라고 하는지, 어째서 뿌리치고 또 뿌리쳐도 끊임없이 들러붙는지, 심지어 화가 나서 그 어린 것을 내동댕이쳐도 어째서 쉼 없이 엄마 아빠에게 기어 오는지, 그때는 몰랐습니다. 그렇게 힘겨운 세월이 흘러 앙크의 입에서 사람의 말이 터지고서야, 그것이 '사랑해 줄게'라는 뜻임을 알게 되었습니다.

그 무렵부터 아빠는 앙크의 입에서 나온 말들을 기록하기 시작했어요. 귀여운 말, 영리한 말, 때로는 슬픈 말, 아련한 말, 심지어 삶의 통찰이 담긴

놀라운 말…. 가끔은 이 착한 아이에게 좋은 아빠가 되어 주지 못한다는 자괴감이 섞인 글도 썼답니다. 그러는 동안 어린 딸의 마음을 조금씩 알아 가게 되었고, 아빠의 굳은 머리로는 헤아리기 어려운 뭔가가 앙크의 가슴속에서 고동친다는 사실도 어렴풋이 이해했습니다. 자아에 대한 성찰, 존재론적 고뇌가 그 어린 나이에 이미 시작된다는 믿기 어려운 사실을 확인했을 때는 정말 깜짝 놀라기도 했죠. 맑고 따뜻한 앙크의 영혼이 지치고 퇴색한 아빠의 몸과 마음을 어루만져 주는 날에는 아이 곁에 누워 소리 없이 울기도 했습니다.

앙크가 다섯 살로 접어들던 2009년 늦가을, 예정에 없던 둘째 아이, 뽀끼가 태어났습니다. 사실 처음에 이 녀석은 앙크를 위한 일종의 '덤' 같은 존재였습니다. 엄마 아빠 모두 형제자매가 없어서 훗날 앙크 혼자 외롭게 남을 일이 걱정스러워 고민하다가 가진 아이였거든요. 더구나 이미 첫아이를 길러 본 터라 앙크 때처럼 대단한 설렘은 없었습니다. 똥싸개 하나 또 나오는구나, 뭐 그 정도 심정이었죠. 하지만 그 '별 볼일 없는' 둘째가 온 가족의 사랑을 싹쓸이해 가는 괴물, 심지어 누나에게 돌아갈 관심마저 야금야금 빼앗아 가는 '기형적' 귀여움과 '똘끼'의 결정체일 줄은 상상도 하지 못했습니다. 실은 그 어린 핏덩이가 울지도 않고 입을 굳게 다문 채 천연덕스럽게 엄마 배 속에서 나오는 순간부터 조짐이 심상치 않았어요. '나를 덤으로 생각했다 이거지? 두고 보시라고'라는 무언의 시위, 처절한 복수가 시작된 것입니다. 앙크와 뽀끼는 여러모로 다른 점이 많습니다. 앙크는 주변 세상을 통해 자신을 이해하는 반면, 뽀끼는 자신을 중심으로 세상을 이해합니다. 앙크는 흐트러진 삶을 추스르고 원칙을 세우지만, 뽀끼는 경직된 삶을 풀어헤쳐 자유로운 난장판을 만듭니다. 앙크가 자신의 욕망을 접고 타인을 배려하는 동안 뽀끼는 욕망에 충실하면서 타인에게 양보를 권합니다. 앙크는 논리와 이성에 따라 행동하지만 뽀끼는 본능과 직관으로 현실을 타개합니다(그래선지 앙크는 이미 다섯 살 때 글을 읽고 썼는데 뽀끼는 일곱 살인 지금도 '가나다라'를 몰라요). 첫아이를 키워 봤다는 자신감에 별 걱정이 없던 엄마와 아빠에게 뽀끼는 '잘 아신다고요? 그럼 이런 애는 어쩔 건데요?'라고 온몸으로 약 올리는 당혹스러움 그 자체였습니다. 그렇게 서로 다른 두 아이는 늘 치고받는 밀당을 되풀이하면서 우리 가족의 삶을 나날이 풍요롭게 만들어 줍니다.

비록 외모와 성격, 언행에서는 판이한 모습을 보여 주지만 한 가지 면에서는 두 아이 모두 똑같습니다. 말 한마디, 행동 하나하나로 삶의 본질을 꿰뚫는다는 것. 대개의 부모들은 먹고살아야 하는 현실, 육아의 부담 속에서 자신의 삶이 어떻게 굴러가는지, 그 의미가 뭔지 잊고 늙어 갑니다. 마치 무뎌질 대로 무뎌져서 내가 들어갈 자리를 제대로 찾지 못하고 덜거덕거리는 톱니바퀴들처럼. 앙크와 뽀끼는 서로 물고 뜯느라 바쁘신 와중에도 엄마 아빠에게 많은 가르침을 주신답니다. 너무나 당연한 것인데 삶에 찌들어 잊고 있었던 진리를 말이죠. 열패감에 사로잡혀 침울한 아빠에게 앙크는 이렇게 말합니다.

"어쩌면 다른 사람들은 아빠의 삶을 부러워할지도 몰라."

침착하지 못하고 쓸데없이 허둥대는 아빠를 보고 뽀끼는 말합니다.

"세상에는 똑똑한 어른이 있고 바보인 어른이 있어요."

지금껏 10여 년 동안 소설 번역가로 살아온 아빠는 미국과 영국의 여러 작가들이 쓴 문학 작품을 통해 인류의 과거와 현재, 미래를 이해하는 지혜와 지식, 통찰을 얻었습니다. 그리고 그것들을 체득했다고 믿었습니다. 하지만 두 아이와 부대끼며 헤쳐 온 지난 10년을 돌아보니, 책을 통해 배운 것은 어쩌면 허상일 뿐이었으며, 실은 이제 막 세상에 나와 아는 거라고는 먹고 싸는 것밖에 없는 꼬맹이들에게서 더 많은 것을 배웠습니다. 참으로 놀라운 일입니다. 내 안에서 나온 존재들이 나를 가르치다니. 이렇게 말하는 것 같습니다. '엄마 아빠는 이미 알고 있었어. 잠시 잊고 지낸 것뿐이야. 이제부터 우리가 알려줄 테니 잘 보고 따라오기만 해.' 이 책은 그런 기쁨과 놀라움의 기록입니다. 작지만 큰 깨달음, 쉽사리 보이지 않지만 눈부시게 빛나는 진실을 온몸으로 토해 내는 두 꼬마의 엉망진창 뒤죽박죽 인생 체험기입니다.

우리 가족은 지극히 평범합니다. 이 책에 소개된 반짝반짝 빛나는 순간들은 어지럽고 힘겹고 소란스러운 삶의 극히 일부일 뿐입니다. 여느 부모들이 그러하듯 앙크와 뽀끼의 엄마 아빠도 툭하면 짜증을 내고, 버럭버럭 고함을 지르고, 때로는 견디다 못해 손찌검을 하기도 합니다. 미안하지만 어쩔 수 없습니다. 원래 그런 게 부모 자식 아니던가요. 이렇게 웃고 싸우고

화해하고 뒹굴다가 때가 되면 앙크를 품에서 놓아주고 뽀끼를 머리에서
내려줄 겁니다. 때가 되면 앙크도 뽀끼도 부모가 되어 지금의 엄마 아빠처럼
자기 몸으로 낳은 아이들에게서 빛나는 순간들을 경험하며 살아가겠죠.
그날이 올 때까지 아빠는 이 반짝이는 두 아이들에게 간곡히 애원합니다.

앙크야, 양말 좀 아무 데나 벗어 놓지 마.
뽀끼야, 제발 사고 좀 그만 쳐.

앙크와 뽀끼 아빠 그리고 낚시하는 번역가 이원경

추신. 앙크와 뽀끼가 본명이냐고요? 물론 아닙니다. 앙크는 아빠가 지어 준 별명,
뽀끼는 엄마가 붙여 준 애칭입니다. 앙크가 태어날 무렵, 애거사 크리스티의 소설
〈마지막으로 죽음이 오다〉를 번역하던 아빠가 '영원한 생명'을 뜻하는 고대 이집트
상형문자 '앙크'를 딸의 별명으로 삼았던 거예요. 그리고 뽀끼는… 떡볶이를 좋아하는
엄마가 생각해 낸 무책임한 애칭이죠. 덕분에 뽀끼는 떡볶이처럼 매콤달콤 하찮은
꼬마로 끈질기게 잘 살고 있습니다.

차례/ Contents

아빠를 닮은 뽀끼가 태어났습니다.
앙크는 어엿한 누나가 되었습니다.

2009
앙크 5살
뽀끼 1살

길 위의 네 사람

2009년 8월 31일

둘은 서 있고
하나는 사진 찍고
또 하나는…
엄마 배 속에.

ㄴ 안 그래도 더운 날 얼마나 더웠을꼬

뽀끼의 탄생

2009년 11월 24일

오후 네 시에 태어났습니다.

별로 울지 않는 차분한 녀석입니다.

엄마가 무척 고생했습니다.

저희 가족에게 새로운 세상이 열렸습니다.

아빠를 닮아서 조금 웃기게 생겼습니다.

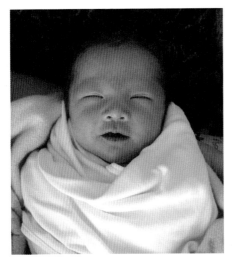

└ 쪼끄만 게 웃기는

사랑한다, 내 딸.
사랑한다, 내 아들.
사랑하거라, 두 마음.
네가 너의 아버지이고
네가 너의 어머니이니.

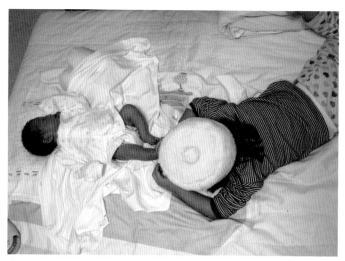

ㄴ 앙크는 지금 뽀끼 발가락에서 태지 떼 주는 중

키워 봐야 소용없어

2009년 12월 6일

앙크가 할머니 댁에 간 지
벌써 사흘째.
엄마랑 아빠는
앙크 생각에 마음이 짠한데
우리 앙크는 할머니 댁에서 룰루랄라.
아빠가 전화해도
스티커 붙여야 한다고 '개무시',
엄마가 전화해도
보고 싶다는 말 한마디 없고.
엄마 아빠 보고 싶다고 울고불고할까 봐 걱정했던
엄마 아빠는 못내 서운하네요.

요노무 시키,
그렇게 예뻐해 줬건만.
돌아오면 국물도 없다.

누나가 된 양크는 아우를 타기 시작했습니다.
뽀끼는 드디어 감격스러운 첫걸음을 떼었고요.

2010
앙크 6살
뽀끼 2살

서운한 앙크

2010년 1월 8일

흔히 아우 탄다고 그러죠?

앙크도 크게 다르지 않습니다.

아빠가 뽀끼 데리고 안방에서 기저귀 갈면

왜 자기만 내버려 두냐고 투덜댑니다.

새벽에 아빠가 일하러 나오면

얼마 후 어김없이 자다 말고 일어나

아빠 방으로 쪼르르 달려옵니다.

고약한 입 냄새를 폴폴 풍기면서

아빠한테 응석을 부리죠.

누나가 되어 가는 과정이겠지만

지켜보는 아빠 마음은 안쓰럽고 딱합니다.

물론 귀찮고 성가실 때도 많죠.

앙크도 본능적으로 아나 봅니다.

이젠 자기가 가장 귀엽지는 않다는 걸.

└ 50개월짜리와 2개월짜리 머리 크기가 똑같잖아!

오늘은 앙크의 재롱잔치 날

2010년 1월 26일

아침에 엄마가

머리를 곱게 묶어 주었습니다.

예뻐요.

└ 꽃보다 앙크

└ 그리고 옆에서 지켜보던 찌그러진 빤끼

알긴 아니?

2010년 2월 12일

아침에

일하는 아빠 방에 들어온 앙크.

마루에서 엄마랑 자던 뽀끼가 울어 젖히자

의기양양하게 소리치는 앙크.

"야, 넌 왜 맨날 말 안 들어!"

그리고 덧붙인 한마디.

"나도 안 듣지만."

네 옆에 앉고 싶다

2010년 3월 14일

가끔 그런 생각이 든다.

너는 진정 누굴 닮아서 이리도 아름다우냐.

맑디맑은 눈동자, 붉디붉은 입술, 곱디고운 볼.

어느 것 하나 아름답지 않은 것이 없으니

봄도 너보다 가슴 벅차지는 않겠다.

지금도 느끼고 싶다.

아직 차가운 바람이 불던 법흥리 뒷동산을 내려오며

내 품에 안겨 깔깔깔 꽃봉오리 터지는 웃음을 쏟아 내던 너,

그 웃음과 함께 내 코를 간지럽히던 달짝지근한 네 숨결,

내 귓바퀴를 살랑살랑 건드리던 너의 눈부신 갈색 머리카락.

그때 그 느낌이 또 그립다.

문득 네가 내 곁을 떠날 날이 오리라는 걸

예감한다.

그때 나도 너처럼 아름답게 웃어 줄 수 있을까.

너무 찬란해서 서글픈 너,
내 딸.

∟ 지금 네 옆에 봄이 앉아 있다

앙크 오셨다

2010년 3월 17일

며칠 만에 만난 앙크.

괜히 가슴이 뭉클했다.

이젠 점점 더

앙크랑 헤어져 있는 시간이 싫다.

아빠를 보자마자

앙크의 한마디,

"아빠, 원숭이가 크면 고릴라가 되는 거지?"

아이에게 화를 내면

2010년 3월 20일

화가 난다.

내가 어린 자식에게

화를 냈다는 사실에 화가 난다.

화가 난다는 사실에 화가 난다.

죄책감이 밀려들어서 화가 난다.

그리고

나한테 혼난 아이가

끊임없이 내 용서와 차가운 품을

갈망한다는 사실에 화가 난다.

자식에게 끊임없이

용서받아야 한다는 사실에

한없이 화가 난다.

쿵!

2010년 3월 26일

어제도
오늘도
뽀끼는 떨어진다네.

마룻바닥에 방바닥에
머리에 혹이 두 개.

울어도 울어도
아무도 오지 않아서
그냥 떨어진다네.

엄마도
아빠도
누나도
웃기만 한다네.

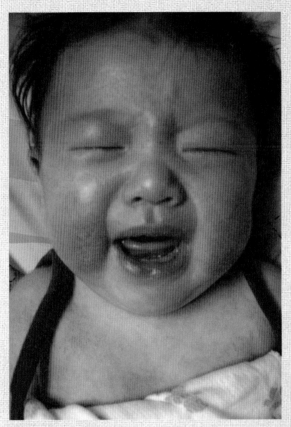

ㄴ팔자려니 해라

앙크의 인형 놀이

2010년 3월 31일

앙크: 아빠, 이제부터 난 인형이야.

아빠: 와, 예쁜 인형이네. 얼마죠?

앙크: 천 원입니다.

아빠: 너무 비싼데. 좀 깎아 줘요.

앙크: 음, 알았어요. 만 원에 드릴게요.

아빠: ……

└ 장사는 좀 어렵겠구나

아름답다

앙크 방에 들어갔다가 눈에 띈 그림입니다.
보는 순간 묘한 아름다움을 느꼈는데,
어라, 이거 앙크가 그린 건가?
엄마한테 물어보니 맞다네요.
앙크는 종종 이런 말을 합니다.
"아빠, 앙크는 재주가 많아."
진짜 그렇구나.

앙크는 치킨 마니아

2010년 4월 1일

잠자리에 누워

여느 때처럼 장난을 치는데,

앙크가 자기 발을 아빠 얼굴에 대길래

"윽, 발 냄새 때문에 아빠 죽었다" 했더니

앙크가 갑자기 훌쩍훌쩍.

아빠가 죽었다고 해서 또 울컥했구나 싶어

"아냐, 아빠 안 죽었어. 다시 살아났어."

그래도 계속 훌쩍훌쩍.

안쓰럽고 딱해서 꼭 안아 주려 했더니,

"오늘 치킨을 못 먹었어. 우왕~~~."

아빠의 생일

2010년 4월 7일

여느 때보다 일찍 일어난 아내가

미역국 같은 블랙커피에

갓 구운 케이크를 내오고

앙크는 눈을 뜨자마자

아빠 작업실로 달려와

눈곱도 떼지 않은 채

입가에는 침 자국이 허연 채

"아빠, 생일 축하해요."

1년 사이에 말도 또박또박

많이 컸구나.

너도 물고 나도 물고

2010년 4월 20일

귀여운 것들.

시끄러운 것들.

깨물어 주고 싶은 것들.

꼬집어 주고 싶은 것들.

있어서 행복한 것들.

없으면 행복할 것 같은 것들.

갖고 싶은 것들.

줘 버리고 싶은 것들.

이러지도

저러지도

못하는 것들.

에휴~.

ㄴ 눈앞이 캄캄하다, 이 꼬마 괴물들아

아침 풍경

2010년 4월 24일

아홉 시쯤.

조용한 안방에 살짝 고개를 들이밀어 보니

엄마와 뽀끼는 쿨쿨, 앙크는 깨어 있습니다.

아빠를 보고는 해님처럼 활짝 웃어 주네요.

"아빠, 배고파."

"그래, 우리 우동 끓여 먹을까?"

"응."

침 자국이 허연 입이 귀에 걸리도록

방싯방싯 웃으며 좋아하는 앙크.

우동이 언제 다 끓을까,

이제나저제나 기다립니다.

따끈따끈하고 구수한 우동 한 그릇을

앉은뱅이 식탁에 놓고

아빠랑 앙크랑 아침을 먹습니다.

우동이라면 사족을 못 쓰는 앙크는

작은 그릇에 담아 준 우동을

어느새 게 눈 감추듯 먹어 치우고

아빠가 다시 덜어 준 우동도

금세 후루룩 마셔 버립니다.

앙크 입에 묻은 우동 국물을

물티슈로 닦아 주는 사이,

"아빠, 우리 매일매일 행복하자."
"그래."

앙크의 말 한마디에

구름이 걷히고

해가 나고

꽃이 피고

그렇게 우리 집에

봄이 왔습니다.

뽀끼의 발

2010년 4월 25일

아빠를 닮아서 발이 '삐꾸'인 뽀끼.
미리 말해 두지만,
미안하다, 다 아빠 탓이다.

솔직히
이렇게 못생기고 귀여운 발은
내 평생 본 적이 없다.

└ 저 발을 한입에 쏘옥~~

그러자꾸나

2010년 4월 28일

앙크를 어린이집에 데려다주려고 옷을 입히는 동안

아빠가 앙크 이마에 뽀뽀를 해 주며 말합니다.

"아빠는 앙크가 세상에서 제일 좋아."

그러자 앙크 왈,

"응, 앙크가 제일 좋고 그 다음이 뽀끼지?"

아빠가 빙그레 웃으며,

"그래. 앙크가 1등, 뽀끼가 2등이야."

그러자 앙크가 진지하게 말하기를,

"하지만 뽀끼한테는 말하지 마. 집 나갈지도 모르니까.

뽀끼가 있을 때는 둘 다 똑같이 좋아한다고 말해."

아빠가 또 빙그레 웃으며,

"그래, 앙크랑 아빠랑 있을 때는 앙크를 제일 좋아한다고 말해 줄게."

앙크가 씩 웃으며 끄덕끄덕합니다.

웃기지 마, 앙크야 1

2010년 5월 4일

앙크가 그림책을 보다가
엄마한테 소리칩니다.

"엄마,
공주님이 뚱뚱해지면
왕비가 되는 거지?"

ㄴ 맞는 말이라 웃기다!

웃기지 마, 앙크야 2

2010년 5월 4일

뽀끼를 아주 좋아하는 앙크.

엄마 아빠 할아버지 할머니한테

패악을 떨지언정

뽀끼한테는 마음씨 좋은 누나.

오늘도 뽀끼를 바라보며

"뽀끼, 뽀끼, 뽀끼, 뽀끼, 뽀끼, 뽀끼."

시끄러운 노래를 불러 주다가

너그러운 미소를 지으며 한마디.

"우리 뽀끼는 정말 예쁘구나.

누나 닮아서."

앙크의 어버이날

2010년 5월 9일

어제 뜬금없이

앙크가 엄마 앞에 서더니

"엄마, 낳아 주고 키워 주셔서 감사합니다"라고 말하며
90도로 인사.

그러고는 언제 그랬냐는 듯

다시 떼 부리고

울고불고

난리법석.

고마우면 말이나 잘 들어라

곧

2010년 5월 26일

앙크가 눈곱 낀 눈을 비비며

아빠한테 달려올 것이다.

늘 그러듯이.

입에서는 단내를 풍기며,

오로지 아빠한테 안기겠다는 일념으로,

달콤한 꿈도 내던지고,

그 큰 발로 타박타박,

거실을 가로질러 아빠의 작업실로,

짧은 밤 동안 늘어졌던 그리움의 끈을 잡고,

아빠의 얼굴에 제 얼굴을 비비러,

말 대신 몸으로 사랑한다고 말하러,

아무 이유도 없이 모든 이유를 다 가지고,

아빠한테 달려올 것이다.

나의 아침은 그렇게 시작된다.

사랑하는 딸의 맹목적인 그리움과 함께.

화해

2010년 6월 24일

시끄러운 저녁이 지나고
잠자리에 들었을 때

아빠: 미안해.

앙크: 괜찮아.

아빠: 다신 소리 지르지 않을게.

앙크: (아빠 뺨에 뽀뽀하며) 괜찮아. 아빠는 멋지니까.

아빠: 사랑해.

앙크: 나도 사랑해.

자식한테 화를 내는 건
대부분 못난 짓이다.

애 잡을 뻔했다

2010년 7월 18일

일하다가 거실에서 뽀끼가 하도 징징대길래

잠깐 안아 주려고 나갔는데,

뽀끼를 안고 베란다에 있는 트램펄린에 오르는 순간

기둥이 없는 가장자리를 밟는 바람에 앞으로 고꾸라졌다.

왼팔에 안겨 있던 뽀끼가 그만 떨어졌다.

바닥과 벽에 머리를 부딪혔다.

다행히 낮은 위치에서 떨어져서 크게 다치지는 않았다.

하지만,

바닥에 부딪히는 어린 것의 머리,

그 광경이 내 눈앞에 지금도 어른거린다.

가슴이 철렁 내려앉았다.

생각만 해도 무섭다.

항상 조심해야겠다.

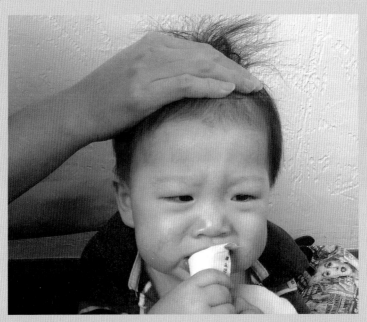

ㄴ 분에 겨워 종이를 씹어 먹는 뿐끼

요즘 앙크는

2010년 8월 18일

찬밥.

엄마의 태도가 다르다.

뽀끼를 보면

"아이고, 내 새끼. 서운해쩌?"

앙크를 보면

"그만 좀 해!"

"싫음 관둬!"

"너랑 말도 하기 싫어!"

그래도 꿋꿋이

먹고

마시고

싸고

잔다.

ㄴ 굴세어라, 우리 앙크!

왜, 왜, 왜

2010년 8월 23일

이렇게 예쁘고 사랑스러운 딸에게 어째서 자꾸

미운 마음이 생기는 걸까.

오른쪽의 못난이 때문에?

아니다. 그게 아니다.

어쩌면 내가 평생 감추고 살아온 한 맺힌 어떤 미움을

딸한테 쏟아붓고 있는지도 모른다.

이래서는 안 된다.

└ 미안해, 아빠가 못났다

처음으로 아빠!

2010년 10월 17일

뽀끼가 처음으로

"아빠빠빠!"라고 했습니다.

첨엔 엄마,

그 담엔 누나.

역시 아빠는 꼴찌.

그래도 기특하고 예뻐요!

└ 때릴 거냐?

미안하다, 앙크

2010년 10월 24일

너 땜에 속상해서
일도 손에 안 잡히잖아.
아빠 미워하지 마.
그리고 얼른 일어나서
아빠 위로해 줘.

아빤
네가 연기처럼 사라질까 봐
무서워.

└ 아빠 마음의 영원한 꽃, 우리 딸

잠자는 공주님

2010년 10월 27일

이불을 돌돌 말고 엄마 배 속에서처럼 잠든 앙크.

푸르스름한 아침 햇살이 스며드는데도 잘 잔다.

틀림없이 아빠랑 노는 꿈을 꿀 거야.

너무 재밌어서 깨어나고 싶지 않은 거겠지.

사실 어제 혼이 나긴 했지만, 꿈속에서 아빠는 언제나 다정하니까.

앙크의 몸을 흔들면 꿈 가루가 부스스 떨어질 것 같아.

그 꿈을 흐트러뜨리고 싶지 않아서 지켜만 본다.

그랬던 것 같아. 밤에도 네 뺨은 반짝반짝 빛났던 것 같아.

그랬을 거야. 네 콧김은 싸늘한 밤에도 따뜻한 온기를 내뿜었을 거야.

이제 앙크를 깨워야 할 시간.

어린이집에서 친구들이 기다리잖아.

너를 깨울 수 있는 마법의 한마디.

"앙크야, 과자 먹자."

ㄴ 너랑 손잡고 네 꿈속을 거닐고 싶다

눈 뜬 아저씨

2010년 10월 28일

꿈속에서 한잔하셨수?

소주 댓 병은 마신 표정인디

오늘은 또 뭔 '지룰'을 해 주실렁가.

동글동글 말랑말랑 시큼시큼 고릿고릿

입 냄새 머리 냄새 발 냄새 오줌 냄새 똥 냄새.

그러고도 온 가족의 사랑을 통째로 받는 걸 보면

그것도 재주는 재준갑다.

동네 아저씨 같은 뽀끼를 안고

오동통한 볼과 배에 얼굴을 비비면서

엄마 아빠는 벌써부터

여자 친구에게 몸과 마음 다 바치고

뻣뻣하고 서먹한 청년으로 자라날 뽀끼를 상상하며

영혼 깊숙이 아픔과 서운함과 대견함을 느낀다.

ㄴ 아빠보다 더 자유롭게 연애… 아니, 꿈꾸려무나

뽀끼 걷다

2010년 11월 8일

기적 같아요.

앙크 때도 그런 기분이었지만,

또 보는데도 기적을 보는 것 같았습니다.

예수가 물 위를 걷고

홍해가 갈라지고

파도 위에 눈이 쌓이고

소나기 퍼붓는 곳에 꽃이 피고

죽은 자가 살아나듯이,

웃음이 터지고

눈물이 핑 돌고

가슴이 뻐근했습니다.

너는 존재 자체가 기적이로구나.

앙크 때처럼 또 그런 생각이 들었습니다.

오므린 발가락이 귀여워

의자에 앉은 채로

2010년 11월 14일

일하는 아빠 옆에서

소르르 잠이 들었습니다.

불과 10여 초 만에.

아이들은 참 신기해요.

불편할 텐데 잘 잡니다.

아빠랑 놀고 싶어 하는 마음이 느껴지더군요.

미안해,

너랑 같이 즐겁게 놀아도 모자랄

이 아늑한 일요일 저녁에

아빠는 바보같이 일만 하는구나.

참 바보 같아.

이 좋은 시간을

너에게 쓰지 못하다니.

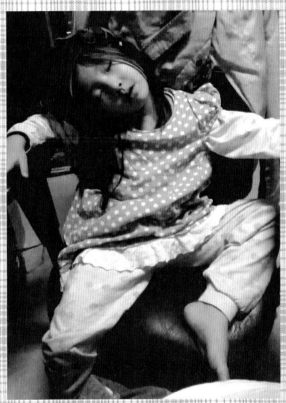

ㄴ 때로는 딸의 그리움이 아빠를 옥죈다

속 깊고 진지한 양크는 솔직한 말로 아빠를 당황시킵니다.
파워레인저에 흠뻑 빠진 뽀끼는 "공격"을 외치며 잘 놀고요.

2011
앙크 7살
뽀끼 3살

아침의 일상

2011년 1월 26일

늘 똑같은 아침.
여덟 시쯤 앙크가 깨고
곧이어 뽀끼가 깨고
고요하던 집 안이 다시 시끌시끌.
전쟁 같았던 어제를 잊고
엄마 아빠는
까불고 재롱부리는 두 놈을 보면서
그래도 내 새끼들 하면서 싱글싱글.

여덟 시 반쯤 되면
앙크 아침 먹이고
이 닦아 주고
머리 빗기고
옷 입히고
어린이집 가방 챙기고

가까스로 준비 마치면
아빠가 앙크 손을 잡고
어린이집으로 출동!

걸어서 3분 거리의 어린이집에 도착하면
앙크가 아빠에게 뽀뽀해 주고
"아임 고잉 투 헤이리."
영어 인사 한마디 해 준 다음 바이바이.

늘 똑같다.
그래서 답답하고
그래서 안전해.

아직 내 가족의 삶은
참 좁다.

뽀끼가 하는 말

2011년 3월 5일

누나랑 다르게
뽀끼는 말이 늦네요.
하지만 엄마 아빠가 하는 말은
다 알아듣습니다.
이거 해라 저거 해라 말로 하면
시키는 대로 다 합니다.
근데 말은 못 해요.
얼마나 답답할까요.

요즘 뽀끼가 하는 말은
두 가지입니다.

"압." (저거 먹고 싶어)
"응?" (그거 줄 거야?)

다리가 안 자라, 너는 말레이곰

불안감은 늘 적중해

2011년 4월 1일

"뽀끼 어디 갔어?"

첨벙첨벙!!

(안방 화장실 변기에서)

└ 귀여운 말썽 제조기

꼬마들의 안마

2011년 4월 13일

요즘 앙크는 저녁에 퇴근한 아빠의 어깨를 안마해 줍니다.

제법 손이 매워서 어깨가 시원하지요.

"아이고, 우리 딸 정말 고마워."

아빠가 칭찬해 주면

힘들어하면서도 열심히 두드려 줍니다.

그걸 보고 뽀끼가 달려들어

조막만 한 손으로 아빠 어깨를 두드려요.

귀엽습니다.

그걸 보고 샘이 난 앙크가 말하기를,

"야, 살살 두드려. 너무 세게 두드리면 아빠 병신 돼."

(벼… 엉… 신)

앙크의 진심 1

2011년 5월 24일

1

아빠가 앙크에게

"아빠 살 많이 쪘지?"

그러자 앙크 왈

"아냐, 그렇게 뚱뚱하지 않아."

아, 역시 넌 아빠를 사랑하는구나.

"고마워"라고 대답하려는 순간,

"돼지보다는 살찌지 않았어."

2

아빠가 앙크에게

"아빠 수염 길러 볼까?"

그러자 앙크가 귀여운 두 손으로 아빠 턱을 감싸고

"잠깐 기다려 봐. 음, 이 얼굴에 수염이라…

심상치 않은데…. 기르지 마."

ㄴ 너무 솔직해서 얄미운 우리 딸

동자승

2011년 5월 30일

여름을 맞이하야
이발 전격 단행!
나름 엄마의 배려.

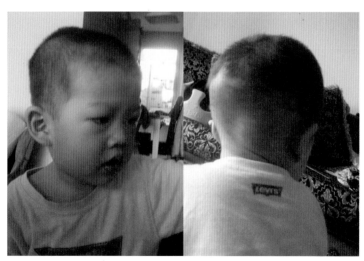

└ 하지만 이것은 만행

앙크의 진심 2

2011년 6월 5일

"아빠는 거북이로 태어났으면 좋았을 거야."
"왜?"

"〈니모를 찾아서〉에 나오는 거북이 아저씨는
아기 거북이들을 돌보지 않아도 돼.
자기들끼리 알아서 놀거든.
아빠도 거북이로 태어났으면
나랑 뽀끼 신경 쓰지 않고
마음대로 놀 수 있었을 거야."

아침에 울었다

한창 마감으로 바빠 일찍 일어나서 일하고 있을 때,
아침 일곱 시 무렵,
앙크가 자다 말고 눈을 비비며 아빠 옆으로 왔다.
머리는 부스스하고 눈에는 눈곱이 가득한 얼굴로
아빠를 보며 방그레 웃더니
아빠 무릎으로 올라와 아빠 품에 폭 안겼다.
따뜻한 아이의 몸이 그렇게 좋을 수가 없었다.

"아빠랑 다시 잘까?"
"응."

앙크 손을 잡고 방으로 가서 누웠다.
아직 잠이 덜 깬 앙크는
아빠 얼굴을 만지작거리다가
배시시 웃으며 다시 잠들었다.

아빠는 따뜻한 토끼 같은 앙크를 안고
잠시 상념에 잠겼다.
갑자기 우주처럼 밀려드는 고독감.
그리고 그 고독감을 순식간에 밀어내는
딸아이의 따스한 체온과 숨결.
왜 그랬을까.

갑자기 눈물이 주르르 흘렀다.
사랑한다는 말 한마디 듣지 않았는데,
앙크의 작은 몸뚱이가
아빠의 온몸을 쥐어짜는 것 같았다.
그 행복하고 슬프고 그리운 압박감이
아빠의 몸에서 외로운 눈물을 쥐어짜 냈다.
그냥 멍하니 한참을 울었다.

이렇게 네가 나를 늘 그렇듯 또
용서해 주는구나.
너는 내가 아는 모든 그리움이다.

뽀끼의 아침은

2011년 6월 24일

늘 똑같아요.

일곱 시쯤 안방 문을 열고 나와

아빠 방으로 쪼르르 달려와서는

아빠 손을 잡고 냉장고로 가요.

아빠가 "뭐 줄까?" 하면

"응"이라고 대답해요.

밥이건 과자건 주스건

뭐든 먹어야 직성이 풀려요.

이대로 가면

내후년쯤에는

혼자서 치킨 한 마리 먹어 치우겠죠.

ㄴ 중국 돼지 같은 녀석

이놈의 우거지상

2011년 7월 7일

늘 이 표정이야.

억울하냐.

서운하냐.

배고프냐.

그냥 '짱' 나냐.

ㄴ 눈꼬리 좀 올려 봐

앙크의 사랑

2011년 7월 23일

앙크가 아빠를 붙잡고
진지한 눈빛으로 말하기를,

"앙크는 아빠를 사랑해.
지구가 터질 정도로."

ㄴ 아빠 가슴이 터지겠다

앙크의 뽀끼 사랑

2011년 9월 5일

가끔 앙크는 할머니 댁에 놀러 갑니다.

이틀쯤 놀다가 돌아오죠.

전에는 거기 가면 아빠를 찾더니 요즘은 늘 뽀끼만 찾습니다.

전화를 해도 뽀끼가 잘 있는지부터 물어보고

뽀끼 바꿔 달라고 성화입니다.

말도 잘 못 하는 뽀끼가 수화기에 대고

"눈나!" 한마디만 하면, 좋아서 어쩔 줄 모른답니다.

며칠 전에 아빠랑 누워 자면서 말하기를

"하미* 집에 가면 뽀끼가 보고 싶어.

그래서 텔레비전을 볼 때 뽀끼 사진을 옆에 놓고 봐.

그러면 같이 보는 기분이 들거든."

동생 사진을 옆에 놓고 텔레비전을 보는 앙크.

머릿속으로 상상만 해도 참 애틋합니다.

* 하비와 하미는 앙크와 뽀끼가 할아버지와 할머니를 부르는 애칭입니다. (편집자 주)

뽀끼와의 대화

2011년 9월 6일

늘 먹을 것을 찾는 뽀끼.

하루 종일 먹을 거 대느라 바쁩니다.

아침에 일어나서도

아빠를 끌고 냉장고로 직행.

"우유 줄까?"

"아이."

"주스 줄까?"

"아이."

"그럼 뭐 줄까?"

"네."

??????????

(난감하다)

뽀끼는 아빠를 닮았어

2011년 9월 15일

엄마랑 뽀끼가 길에 나가면

다들 뽀끼를 보고 한마디.

"넌 엄마랑 하나도 안 닮았구나."

기쁘고 안타깝다.

ㄴ 울 때는 정말 아빠 판박이

닮은 듯 다른 듯

2011년 10월 1일

누나야, 동생을 지켜 줘.

동생아, 누나를 지켜 줘.

서로 사랑한다면

삶이 조금은 덜 힘들 거야.

아빠는 너희를 믿는다.

ㄴ 웃으면서, 신 나게, 서로 손잡고

뽀끼는 요즘

2011년 11월 28일

파워레인저 엔진포스 정글포스에
흠뻑 빠졌습니다.
눈만 뜨면 "엔진 빠스, 엔진 빠스."
어제는 급기야 "정그 뻐스, 정그 뻐스."
엄마 아빠 누나 앞에서 제법 폼도 잡고.

다 좋은데,
누나 피아노 레슨 있는 날
선생님 앞으로 달려가서
"공기억(공격)!"은 하지 말아 줘.

ㄴ 아빠 쪽팔리다

생각이 깊은 앙크는 존재론적인 고민에 빠졌습니다.
뽀끼는 이제 슬슬 '짐승스러운' 매력을 드러내기 시작했어요.

2012
앙크 8살
뽀끼 4살

뽀끼가 아침에 깨어서는

2012년 1월 28일

우아아아앙~

울었습니다.

그리고 뜬금없이 한마디.

"나도 같이 먹어~~!"

ㄴ 그렇게 억울했쪄?

앙크의 상상력

2012년 2월 9일

"아빠, 우유랑 스머프를 합치면 뭐가 되게?"

"글쎄?"

:
:

(해맑디해맑은 표정으로)

"파란 치즈."

└ 호러도 네가 하면 순수하구나

말이 늘긴 느는데

2012년 2월 10일

뽀끼가

익룡을

뭐라고 부를까요?

:

날아가사우르스.

ㄴ 익룡보다 더 딱 꽂히는걸!

멋진 꿈

2012년 2월 11일

페라리를 타고
언덕을 질주하는 꿈을 꿨다.
와, 이래서 명차구나.
꿈에서 감탄했다.
그리고
복권 사자!

다음 날 오후
아내가 애들 데리고
친구 집에 놀러 갔는데
뽀끼가 장난감 하나를 빼앗아 왔다.
페라리 모형.
(그거였구나… 고맙다 이놈아!)

토끼가 책을 읽는다

2012년 2월 13일

파란색 책 한 권을 들고는

첫 장을 넘기면서

"아저씨가 살고 이씀다."

다음 장을 넘기면서

"아저씨가 살고 이씀다."

또 다음 장을 넘기면서

"아저씨가 살고 이씀다."

또 다음 장을 넘기면서

"아저씨가 살고 이씀다."

:
:

마침내 책을 덮으면서

"끝!"

└ 아무것도 모르면서 무작정 씩씩하기만 한 녀석

벌써 그런 소릴?

2012년 2월 18일

앙크가 뽀끼랑 나란히
밥을 먹다 말고 뜬금없이,

"앙크는 어딜 가든
아빠를 잊지 않을 거야."

∟ 시집가는 거냐???

뽀끼야 제발

2012년 3월 10일

어제저녁

현관에서 띵동~

언제나 반가운 택배 아저씨가 오셨습니다.

엄마가 나가서 물건을 받는데,

갑자기 거실에 있던 뽀끼가

부다다 현관으로 달려가며 소리쳤습니다.

"넌 또 뭐야!"

ㄴ 넌 무서운 게 없니?

뽀끼는 뻔뻔해

2012년 3월 16일

뽀끼의 어린이집 생활이 궁금했던 엄마가
어린이집 하교 시간 전에 살짝 들러
뽀끼가 노는 모습을 훔쳐보았습니다.
친구들과 함께 어린이집 앞마당에서 놀던 뽀끼,
갑자기 근처에 있던 정자로 걸어갔다네요.
그 정자에는 아줌마들이 모여 앉아
딸기를 먹으며 수다를 떠는 중.
아줌마들에게 거리낌 없이 다가간 뽀끼.

"포크는 어딨어?"

아줌마들이 귀엽다고
딸기 두 개를 집어 주었답니다.

ㄴ 역시 넉살 좋은 돼지

흥겨운 아이들

2012년 3월 20일

아빠도

같이 놀자!

└ 아무리 봐도 뻔끼는 못난이 인형

뽀끼는 촌스러워

2012년 5월 4일

엄마와 아빠는

뽀끼의 이런 얼굴

이런 웃음이 좋아요.

└ 이 원시적 야생적 표정

딸의 뒷모습

2012년 5월 19일

어쩐지 짠하다.

당장이라도 내 곁을 떠날 것 같다.

내 기억 속에 딸을 가둔다.

└ 아빠는 늘 네 뒤에 있다

아이들의 말

2012년 6월 14일

며칠 전 밤에

앙크와 자려고 누웠을 때

토실토실하고 보드라운 앙크의 배를 만지며

아빠가 말했어요.

"아빠는 말랑말랑한 앙크 배가 좋아."

그러자 앙크가 배시시 웃으며,

"살이 쪄서 그래요."

(귀여운 우리 뚱순이~~)

그저께

간만에 수박을 사서

엄마가

"수박 화채 해 먹자!"라고 하자 옆에서 뽀끼가

"로보트 합체!"

뽀끼가 아침에

2012년 6월 14일

"엄마!" 하고 외치면서
부시시 눈을 비비고
안방 문을 열고 나옵니다.
아빠가 반가운 마음에
"우리 뽀끼! 아빠가 안아 줄게!"

그러자 뽀끼가
시큰둥한 표정으로 아빠를 보면서
"너 말고."
(이런 호래자식 같으니)

뽀끼의 포부

2012년 6월 28일

아침에 뽀끼 등원 준비하는데

옆에서 까불던 뽀끼가 대뜸

"난 크면!

술 먹을 거야!"

ㄴ 장하다, 우리 아들!

뽀끼 이놈!

2012년 7월 5일

뽀끼가 아빠를 보고

배실배실 웃으면서

"아빠 아저씨!"

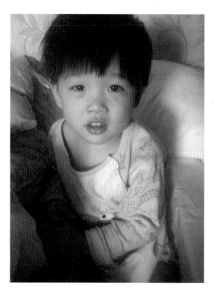

└ 택배 아저씨랑 동급이니?

아직 말이..

2012년 7월 26일

어린이집에서 물총 놀이를 하고 온 뽀끼가

엄마랑 아빠한테 자랑스럽게 말합니다.

"나 오늘 물레방울 쐈어!!!"

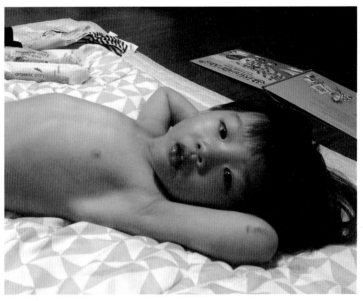

ㄴ 그 방울 아빠도 좀 쏴 보자

알긴 아는구나

2012년 7월 27일

이따금

엄마나 아빠한테 혼나면

뽀끼는 서러운 눈물을 뚝뚝 흘리면서

애처롭게 중얼거립니다.

"뽀끼는 귀여운데…

뽀끼는 이쁜데…."

└ 넌 너를 너무 잘 알아서 탈이야

너 땜에 웃는다

2012년 7월 28일

목을 심하게 삐어 며칠 고생하다가
결국 한의원에 갔어요.
침 맞으러.

앙크를 데리고 갔습니다.
심심할 것 같아서.

발, 발목, 무릎, 손, 손목, 팔꿈치, 어깨, 목, 뒤통수.

온몸에 침을 맞은 아빠를
애처롭게 쳐다보던 앙크가 한마디.

"아빠, 선인장 같아."

상냥한 앙크

2012년 7월 28일

땡볕이 내리쬐던 어제 오후.

간만에 아빠랑 같이 산책에 나선 앙크.

가온 호수공원 초입에서

길가에 자란 누런 버섯을 보았습니다.

먹지 못하는 버섯 같아 아빠가 말했습니다.

"독버섯 같아."

잠시 후 앙크가 한마디.

"만약 독버섯이 아니면

우리가 사과해야 할 거야."

ㄴ 그 버섯이 앙크한테 고맙대

요즘 앙크는

2012년 7월 29일

다 큰 애 같은 말을 합니다.

정신세계가 넓어진 건지.

1

오전에 아빠가 아이들을 데리고 노는데

앙크가 아빠를 보고 웃으면서

"아빠의 인생이 파도에 떠내려가고 있어요."

2

오늘 오후 두 시에

일산 웨스턴돔 야외 무대에서

아빠가 다니는 댄스 학원의 공연이 있었어요.

앙크와 뽀끼를 데리고 구경했죠.

돌아오는 길에 차 안에서 앙크와 담소.

"아까 그 사람들 잘 추지?"

"응. 하지만 아빠도 잘 추잖아."

"에이, 아빤 아직 멀었어."

"내가 보기엔 아빠도 잘 추는데."

"그래?" (빙그레~)

"그리고 어쩌면 다른 사람들은 지금
아빠를 부러워할지도 몰라."

└ 위로보다 깨달음을 주는 우리 딸

무슨 뜻일까요?

2012년 8월 12일

징그러미.

∙
∙
∙

답: 지렁이.

누가 쓰는 말인지는 말 안 해도 아시겠죠.

└ 사물의 본질을 꿰뚫는 새로운 언어

언제나 너희처럼 즐겁게

2012년 8월 30일

내 마음도 늘 너희 같으면 좋겠다.

사랑하는 내 딸.

사랑하는 내 아들.

단 한 순간도 보고 싶지 않은 적이 없다.

└ 아빠 눈에 너희는 통통 튀는 보석 두 개

앙크의 말 1

2012년 9월 12일

어젯밤에 잠자리에 누워
앙크와 나눈 대화.

"아빠, 우리는 무엇일까?"
"응?"
"정말로 인간은 무엇일까?"
"왜 그런 생각을 해?"
"가끔 피아노를 칠 때면
내가 왜 여기 있는 걸까,
왜 건반을 두드리고 있는 걸까,
그런 생각이 들어.
실은 나는 도마뱀인데
꿈을 꾸고 있는 게 아닐까?"
(……)

앙크의 말 2

2012년 9월 19일

1

"과거의 고통 때문에 악당이 된 사람도 있어."

2

"행복해져야 행운이 찾아오는 게 아닐까?"

ㄴ 아빠 모르는 사이에 앙크는 어디서 무얼 보는 걸까

고마우신 말씀

2012년 9월 21일

학교에서 춤 레슨 받고 나오는 앙크를 데리고
집으로 걸어오는 동안
함께 배우는 여학생 세 명이 앞에서 걷고 있었어요.
앙크가 아이들에게 손을 흔들어 인사하자
세 아이도 손을 흔들다가 앙크 아빠를 물끄러미 쳐다보았습니다.
잠시 후 앙크가 아빠를 보고 싱글거리면서
"왜 애들은 아빠를 이상하게 쳐다볼까?"
"아빠 머리가 길어서 그럴 거야.
아빠처럼 머리 긴 남자들은 거의 없잖아.
머리는 여자 같은데 얼굴은 남자라서 희한한가 보지."

"그럼 아빠는 여자랑 남자를 섞어 놓은 거네.
오리너구리처럼."

뽀끼의 '썩소'

2012년 9월 22일

뭐지. 이 시건방진 미소는.

새벽에 오줌 지려서

이불이랑 침대 다 적셔 놓은 주제에.

└ 그딴 일로 싸나이의 앞길을 막지 말라는 거니?

뽀끼는 '또라이'

2012년 9월 23일

자기 전에 뽀끼가 엄마를 보고,

"엄마는 커다란 벌레야."

"그럼 뽀끼는?"

"나는 아저씨야."

그러고는 베개로 엄마를 두드려 팼답니다.

└ 의뭉스러운 녀석!

앙크는 뽀끼를 좋아해

2012년 10월 12일

어린이집에서 나올

뽀끼를 기다리는 동안

앙크가 아빠 손을 잡고 한마디.

"뽀끼는 정말 귀여워.

가끔 짜증이 나서 뭉개 버리고 싶을 때만 빼면."

(환하게 웃는 얼굴로)

└ 웃음 뒤에 가려진 설움, 아빠는 가끔 본다

성깔 뽀끼

2012년 10월 16일

잠자리에 들기 전,

앙크는 아빠랑 게임하려고 자기 방에서 놀던 뽀끼에게

"야, 빨리 네 방 가서 자!"

피곤했던 아빠도 덩달아

"그래 뽀끼야, 이제 잘 시간이잖아. 얼른 가서 자렴."

더 놀고 싶었던 뽀끼는 극렬하게 반항하면서

"싫어! 싫어! 더 놀 거야!"

결국 엄마 손에 끌려가는 뽀끼.

앙크가 해죽거리며

"잘 자~."

그러자 뽀끼는 뒤도 안 돌아보고 일갈.

"잘 자지 마!!!"

ㄴ 정작 울어야 할 사람은 네가 아니라 누나야

맘대로 불러요

2012년 11월 8일

앙크가 아빠 앞에서

예쁜 율동을 곁들여

〈아빠와 크레파스〉를 불러 주었습니다.

아빠가 박수를 쳐 주자

앙크는 방실방실.

옆에서 물끄러미 지켜보던 뽀끼가

갑자기 노래를 부르기 시작합니다.

"어제빰에 크레파스가…."

토요일 오후

2012년 11월 24일

이마트 가는 길.

방방 뛰는 뽀끼,

천천히 걷는 앙크.

겨울을 앞두고

이우는 가을.

오늘은 뽀끼가

귀빠진 날.

'또봇 폭풍스핀'이 오는 날.

└ 뽀끼야, 같이 가자!

오늘

2012년 12월 9일

까만 새벽에

아내는 일하러 나가고

방에서 잠들어 있는 두 아이가

지금 나를 지켜 주고 있다.

고드름을 어루만져 주는

가로등 불빛처럼.

└ 잠들지 못하는 아빠를 지켜 주는 두 아이의 꿈

귀여운 녀석들

2012년 12월 18일

어제저녁에 뽀끼가 앙크 앞에 앉으며

아기처럼 코맹맹이 소리로

"누나가 밥 먹여 줘~."

그러자 앙크가 방싯방싯 웃으며 말하길

"누나도 아직 어린이란다."

└ 너의 고충은 아빠가 잘 안다

뽀끼의 말

2012년 12월 28일

1

"아빠는 왜 뽀끼가 좋아서 사탕을 줬어요?"

2

"꼭꼭 숨어라. 머리카락 보이게!"

ㄴ 질문과 놀이의 질서를 무너뜨리는 자

짐승 같은 아들

2012년 12월 30일

그래,

아빠는 너의

이런 짐승스러움이

참으로 좋다.

ㄴ 일단 먹고 보자는 거냐?

앙크는 애지중지 키우던 달팽이가 죽어 큰 슬픔에 빠졌습니다.
뽀끼는 여전히 넉살 좋고 신 나는 하루하루를 보내고 있고요.

2013
앙크 9살
빤끼 5살

뽀끼 어록

2013년 2월 19일

1

누나랑 햄버거 먹다가
자기 몫의 햄버거를 한 입만 먹고 남겨 둔 채
감자튀김 먹느라 정신없는 뽀끼.
그걸 보고 누나 왈,
"이거 먹을 거야?"
뽀끼는 누나 쪽은 보지도 않고,
"먹을 거다. 이거 다 먹고."

2

설날,
할머니한테 세배하고 나서
뽀끼가 또박또박 말하기를,
"세배 많이 받으세요~."

3

대전에서 칼국수 가게를 낸 친척 집에 놀러 갔다 나오면서
뽀끼가 어른들에게 인사했다.

"안녕히 계세요. 건강하게 살고."

4

앙크와 뽀끼가 고모할머니랑 같이
차 뒷좌석에서 놀다가 말다툼이 벌어졌다.
보다 못한 할머니가
"양보하는 사람이 착한 사람이야" 하시자,
뽀끼가 대뜸 누나한테
"양보해!!!!"

5

외삼촌 할아버지 차를 타고
외증조할아버지 산소에 가던 길
맨 뒷자리에서 뽀끼가 한마디.

"운전 잘하시네."

뽀끼의 정체

2013년 2월 20일

아빠를 보며 방실방실.

"난 고기 샐러드야."

(엥?)

ㄴ 어떻게 먹어야 좋을까…

뽀끼는 뽀끼가 좋아요

2013년 3월 9일

언젠가 아빠가 집에서 아이들과
공놀이를 하면서 뽀끼한테
"제법인데!" 했더니
뽀끼는 그 말이 근사했나 봐요.
자기가 뭔가 멋진 일을 했다고 생각되면
"나 제법이죠?"
이렇게 물어요.

며칠 전에는
밖에서 신 나게 놀다가 "나 제법이죠?" 했더니
옆에서 지켜보던 할머니가
"너는 네가 참 대견한가 보구나?"

135

앙크의 아빠 사랑

2013년 3월 20일

방에서 일하는 아빠한테

방문 밑으로 스르르 밀어 넣어 준

빨강 말랑 앙크 사랑.

ㄴ 앙크의 뽀뽀, 사랑, 선물, 사탕

애교 뽀끼

2013년 4월 5일

엄마가 뽀끼를 안아 주면서

"뽀끼는 엄마한테 왜 뽀뽀해?"

그러자 뽀끼 왈

"사랑하니까."

└ 꼬맹이가 벌써부터 외교적 발언을

그게 무슨 냄새일까

2013년 4월 12일

술 취한 아빠가

뽀끼 얼굴에 발을 들이밀고

장난을 치자

뽀끼가 아빠 발 냄새를 맡고는

"오래된 방귀 냄새가 나."

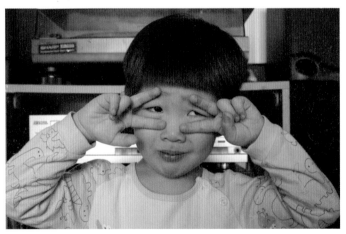

└ 오늘부터 뽀끼 방귀를 모아 보자

적반하장

2013년 4월 14일

밤에 잠자리에서 아빠랑 놀던 뽀끼가

실수로 아빠 아랫도리를 찼어요.

순간 아빠는 눈앞이 노래지고

"야, 이 $%^@#$^$^#@^@@#$!#!……."

고개를 이불에 처박고

헉헉대는 아빠를 보면서

뽀끼가 나직이 말했어요.

"미안해… 미안해… 미안해…."

그러다 갑자기 버럭

"미안하다고!"

늘 미안하다

2013년 4월 15일

훌륭한 아빠가 못 되어 줘서.
조금만 참으면 될 일도
참지 못하고 화내는 아빠.
도와줄 수 있는 일도
귀찮아서 나 몰라라 하는 아빠.
건강에 나쁜 과자인 줄 알면서도
무책임하게 먹으라고 주는 아빠.
즐겁게 놀아 줄 수 있는데도
이기적인 핑계를 대며 거부하는 아빠.
좋은 책을 골라서 빌려다 줘야 하는데
바빠서 잊었다며 그냥 귀가하는 아빠.
너희의 뜻을 충분히 들어줘야 하는데
무조건 권위부터 내세우는 아빠.
아빠는 그런 아빠야.
미안해.

└ 고마워, 서로 사랑해 줘서

설마 그렇기야 하겠니?

2013년 4월 19일

간만에 온 가족이 외식.

엄마가 앙크랑 뽀끼를 차에 싣고

도서관으로 아빠를 태우러 왔어요.

일산칼국수에 가서 넷이

칼국수 세 그릇을 뚝딱 해치우고

장을 보러 마트로 가는 길.

운전석 뒤 카시트에 앉은 뽀끼가

자꾸 발로 운전석 등을 툭툭 차자

엄마가 짜증 섞인 목소리로

"뽀끼, 너 자꾸 그러면 엄마 화낼 거야."

그런데도 뽀끼의 장난이 멈추지 않자

"한 번만 더 차면 정말 화낼 거야!"

그러자 뽀끼가

"엄마, 사랑해."

엄마도 한마디.

"뽀끼가 발로 안 차면 엄마도 뽀끼 사랑해."

조수석에 앉은 아빠 뒤에서

앙크가 아빠에게로 몸을 기울이고는

"설마 엄마가 아들보다 의자를 더 사랑하는 건 아니겠죠?"

(하하하)

뽀끼는 떼쟁이

2013년 5월 9일

앙크가 뽀끼를 주인공으로 만화를 그렸어요.

1

엄마, 나 이거 사 줘. 사 줘, 사 줘.

안 돼. 떼쓰면 아무것도 안 사 준다.

우와, 저거 봐!

하하. 깔깔깔. 쟤 좀 봐. ㅋㅋㅋ.

2

으앙, 엄마 미워. 엄마 거짓말이야! 으앙~ 사 줘!

시끄러워서 일을 도저히 할 수가 없어.

알았어. 사 줄게. 울지 마.

엄마 그냥 차라리 사 줘.

3

아~ 엄마, 고맙습니다.

이제 낫군.

이제 조용해져서 다행이다.

현아, 앞으로 엄마가 화 많이 안 낼게.

4

엄마, 사랑해요~.

그래~.

ㄴ 앙크 눈에 뿌끼는 늘 떼쟁이

아프리카 달팽이

2013년 5월 16일

다 크면 무려 20센티미터에 이른다는 그 달팽이.

그놈이 우리 집에 왔다.

앙크가 데려왔다.

애지중지한다.

손수 이름도 지어 주었다.

아프리카 달팽이라고 프리카.

방금 그놈이 새끼를 낳았다고 앙크가 신이 났다.

또 이름을 지어 주었다.

사돌리.

└ 앙크의 희한한 작명 센스

지렁이도 생겼다

2013년 5월 22일

앙크가 지어 준 이름은

랭이.

징그럽다고 꺄아아악 비명을 지르고는

그래도 키우겠단다.

자꾸 뭐가 생긴다.

연체동물로만.

└ 설마 너 지금 먹는 게…

아빠를 갖고 노는구나

2013년 5월 26일

후덥지근한 초여름.

아이들을 데리고 동네 놀이터에 갔어요.

때는 한낮.

한창 더울 때.

두 놈 다 그네를 탔어요.

아빠는 뒤에서 열심히 밀어 줬죠.

앙크 밀어 주다 보면

뽀끼가 보채고

뽀끼 밀어 주다 보면

앙크가 난리.

결국 아빠가 툴툴거렸어요.

"어떻게 동시에 두 사람을 밀어.

그건 못 해.

너희도 참 너무한다.

정말 용서란 게 없구나, 너희는."

그러자 앙크가 방실거리며

"용서어어어어?"

곧이어 뽀끼도 생글거리며

"용서어어어어?"

└ 요럴 때만 쿵짝이 맞는 의좋은 남매

앙크의 소원

2013년 6월 4일

아빠: 램프의 요정 지니가 있다면 앙크는 무슨 소원을 빌 거야?

앙크: 우리 가족이 건강하고 행복하게 살게 해 달라고 할 거야.

　　다른 건 필요 없어.

└ 얼굴만 이뿐 줄 알았더니

뽀끼의 소원

2013년 6월 4일

아빠: 넌 무슨 소원을 빌 거야?

뽀끼: 대못펀치!(요즘 즐겨 보는 만화에 나오는 말)

ㄴ 아빠 가슴에 대못을 박는구나

뽀끼는 까막눈

2013년 6월 5일

앙크는 요맘때 글도 썼는데 뽀끼는 '가나다라'도 몰라요.
까막눈, 문맹.

며칠 전 난생처음 시력검사를 하러 갔죠.
뽀끼가 문맹인 줄 모르는 간호사,
'B'를 가리켰어요.

알파벳은 고사하고 한글도 모르는
뽀끼가 'B'를 알 리 없죠.
잠시 멀뚱거리자 옆에 있던 엄마가
"우리 애는 까막…" 하려는데 갑자기 뽀끼가

"뽈록뽈록한 글자요."

모르는 건 몰라도 알 건 다 안다고요

뽀끼의 촌평

2013년 6월 11일

올여름 처음으로
단팔이랑 연유, 우유를 사다가
집에서 빙수기로 만든 얼음 가루에 비벼
팥빙수를 만들어 줬어요.

얼음이 갈리는 모습을
신기하게 바라보던 두 꼬맹이.
그릇 하나에 숟가락 두 개를 꽂고
쉴 새 없이 입에 퍼 넣었습니다.

여기서
뽀끼의 한마디.

"놀라운 맛이에요!"

ㄴ 언제나 감정에 충실한 꼬마

과자 먹는 아이

2013년 6월 19일

고래밥 하나 먹으면서

표정이 왜 이리 심각한 거니?

ㄴ 잠이 덜 깬 꼬마 고래로구나

앙크랑 뽀끼랑

2013년 6월 20일

날마다 싸우지만 날마다 사랑해요.

매일 밉지만 매일 그리워요.

누나 얼굴에서 내가 보이고

동생 얼굴에서 내가 보이거든요.

ㄴ 아빠는 너희가 부럽다

아빠의 어깨

2013년 7월 7일

두 아이가 안마해 주겠다고 아빠에게 달려듭니다.

아빠는 기분이 좋아요.

고사리 같은 손들이 팔이며 다리를 조물조물

귀엽게도 잘도 눌러 주거든요.

이제는 제법 기운이 세져서 주먹으로 치면 꽤 아프죠.

그래도 아빠는 마냥 좋아요.

열심히 아빠 다리를 주무르던 앙크가

"야, 넌 아빠 어깨 주물러."

그러자 뽀끼가 눈을 찡그리고는

"거긴 털이 너무 많아."

(털? 어깨에?)

잠시 후 뽀끼가 체념한 듯 아빠 상체로 올라오더니

아빠 겨드랑이를 꽉꽉.

까막눈의 영어 공부

2013년 7월 29일

아빠랑 누나랑 같이 놀러 나가던 뽀끼가

현관에서 신을 신으며 흥얼흥얼.

"빅 쥐, 스몰 쥐~~~."

└ 뽀끼의 머릿속에는 과연 무엇이

수다쟁이 뽀끼

2013년 8월 12일

어제 오후,

엄마가 보고 싶다는 아이들을 차에 태우고

헤이리로 놀러 갔어요.

가는 도중에 갑자기 뽀끼가

풍뎅이에 대한 이야기를 시작하더니

밑도 끝도 없는 소리를 쉬지도 않고 주절주절….

"으으으응, 그러니까 풍뎅이가

%%^$%&#%##^%%&^^^&^

%##$$@$$%^$%^%^$@$$

#!#@#$%%*$$^$%^%&%#%

… 그래서 풍뎅이는 말이 너무 많아."

옆에서 듣던 앙크가 결국 폭발.

"야! 말은 네가 더 많잖아!"

ㄴ 말을 너무 많이 해서 쓰러진 거니

뽀끼는 쿨해

2013년 8월 25일

앙크가 놀이터에서 놀다가
팔꿈치를 쓸려서 까졌어요.
따갑다고 야단입니다.

앙크와 뽀끼가
새집에서 신 나게 뛰어놀다가
뽀끼가 앙크의 팔꿈치를 건드렸죠.
그러자 앙크가 비명을 지르면서
"왜 자꾸 아픈 데 건드려!!!"
뽀끼가 시크한 표정으로

"나도 때려."

뭐지 이 표정은

2013년 8월 31일

만두소 주제에….

└ 위대한 만두 소가 되렴!

낮잠

2013년 9월 5일

"아빠, 졸려요."
"그럼 자."
"숙제해야 돼요."
"자고 나서 해."
"네."

앙크가 혼자서 요를 깔고
콜콜 잠이 든다.

방 안을 힐끔 들여다보니
이불 밖으로 나온
앙크의 발가락이
소곤소곤 코를 곤다.

ㄴ 발가락으로도 사랑하는 아이

아빠가 쓰레기 버리러 잠시 밖에 나갔다 돌아오자

뽀끼가 소리쳐요.

"아빠! 이게 부서졌어요!"

"뭐가?"

뽀끼가 앉아 있는 마루를 보니 벽 모서리의 플라스틱이 깨져 있었어요.

아빠가 눈살을 찌푸리며

"네가 그랬지?"

"아녜요."

"아빠가 아까 봤을 때는 멀쩡했어.

너 지난번에도 벽지 다 뜯었잖아."

"난 안 그랬어요."

"거짓말하지 마!"

(동그란 눈망울이 흔들리면서)

"내가 안 그랬어요…."

"아빠가 이러지 말라고 그랬지?

요즘 너 왜 이렇게 말을 안 들어?"

뽀끼의 귀여운 얼굴이

구겨진 종이처럼 울상으로 변하더니,

이내 뽀끼는 안방으로 종종종.

"내가 안 그랬는데… 우아아앙!"

잠시 후 아빠가 안방에 들어가

침대에 누워 이불을 부여잡고 흑흑대는

뽀끼의 작은 등을 어루만지며

"뽀끼가 안 그랬어?"

"응."

"미안해. 아빠가 잘못했어."

아빠의 사과가 끝나기가 무섭게

뽀끼의 두 눈이 초승달 모양으로 바뀌면서

"헤헤, 맛있는 거 먹고 싶어요."

"그래, 우리 아들 뭐 해 줄까?"

아빠는 뽀끼의 작은 손을 잡고 거실로 나가요.

뽀끼가 따뜻한 손으로 말해요.

'오늘도 용서해 줄게.'

뽀끼다운 대답

2013년 9월 17일

뽀끼가 잠자리를 잡고서
"이거 봐, 살아 있어요?"
아빠가 물었어요.
"'살아 있다'의 반대말은 뭐지?"
뽀끼가 잠시 생각하다 대답.

"살아 없다."

└ 아빠는 생각도 못한 대답!

바보 앙크

2013년 9월 28일

"아빠, 저도 용돈 주세요."

(이놈 봐라) "용돈으로 뭐 하게?"

"몰라요. 어쨌든 용돈 줘요."

"알았어. 하루에 10원씩 줄게."

"야호!"

└ 산수가 약하구나…

달팽이의 죽음

2013년 9월 30일

올봄, 우리 집에 달팽이 한 마리가 왔다.

앙크가 학교에서 받아 온 아프리카 달팽이.

어린 놈인데도 꽤 컸다.

다 자라면 20센티미터에 이른다나 뭐라나.

앙크는 그 달팽이에게 '프리카'라는 이름을 지어 주었다.

아침마다 일어나 살피고 애지중지하면서

처음 가져 본 애완동물을 무척이나 좋아했다.

프리카가 어제 죽었다.

이유는 알 수 없지만,

갑자기 움직이지 않았다.

날파리가 프리카의 몸에 알을 깠고

거기서 무수한 날파리가 날아올랐다.

오늘 앙크 데리러 가는 길에

프리카를 비닐에 넣어, 모종삽과 함께 가져갔다.

"앙크야, 프리카가 죽었어.

돌아가는 길에 묻어 주자.

네가 오가며 인사할 수 있도록 말이야."

앙크의 눈빛이 어두워졌다.

집으로 돌아가는 길,

새암공원 중앙의 큼지막한 나무 아래

앙크가 땅을 파고 거기다

프리카를 묻어 주었다.

프리카한테 인사해야지.

"프리카, 미안해."

그렇게 집에 돌아오는 내내

앙크는 소리 죽여 흐느꼈다.

크건 작건 죽음은 무겁다.

이제 막 삶을 시작한

어린것의 가슴에도.

성가신 뽀끼

2013년 10월 10일

동네에 있는 인조 잔디 축구장으로
놀러 가는 길에 뽀끼가
"아빠, 이제 나도 혼자 옷 입어요."
"정말? 대단한걸."
"어릴 때는 못했는데."
"하하하."

집으로 돌아오는 길에
아빠는 잠든 뽀끼를 업고 낑낑낑.
도중에 허리가 너무 아파서 잠시
뽀끼를 등에 얹은 채 서서 헉헉.
뒤에서 앙크가 안쓰러운 눈으로

"그냥 가방에 처넣어요."

'잔혹명랑' 뽀끼

2013년 10월 11일

하굣길에 잡은 잠자리를
뽀끼가 놓아준다며 털다가
그만 와자작 밟아 버렸어요.
짜부라진 잠자리를 보고

앙크: (울먹울먹) 어떡해… 어떡해….
뽀끼: (방싯방싯) 미안해! 실수였어!

└ 그래, 그래, 뽀끼처럼 발랄하게 살자

173

앙크의 상상력

2013년 10월 13일

"아빠, 구름 사이에 다리가 놓였어요.
이제 새들이 편하게 저쪽 구름으로
걸어갈 수 있어요."

ㄴ 앙크의 마음은 구름 위도 보는구나

뽀끼 호러 쇼

2013년 10월 16일

아빠랑 누나랑 잠자리에 누워

뽀끼가 조잘조잘 떠들어요.

"아빠, 내가 재밌는 얘기 해 줄게요."

"그래. 해 봐."

"엄마 고양이가 파이를 만들어요.

그런데 아기가 파이에 들어가서

아기 파이가 돼요.

파이를 먹는데 아기가 나와요."

(허걱)

"또 해 줄게요.

아기가 똥을 싸다가

변기에 빠져서

변기 속으로 들어가요."

(허거걱)

괜찮아, 다 괜찮아

2013년 10월 17일

간만에 친구들과 낚시 가기로 했는데 때맞춰 딸아이가 아프다.

열이 끓는다.

약속 다 취소하고 허망한 기분으로 뜨거운 아이의 얼굴을 들여다본다.

콜록거리며 방긋방긋 웃어 준다. 나도 웃는다.

사랑하면 아무 문제도 없다.

ㄴ 내 꽃이 아프다. 나도 아프다

궁금한 것도 많구나

2013년 10월 20일

앙크는 감기로 앓아누웠고
아빠는 뽀끼를 데리러
맑고 찬 가을 오후에
어린이집으로.
아파트 단지 안에
수요일 장이 섰어요.
뽀끼가 와플을 사 달래요.

열심히 와플을 만드는 아저씨를 보고
뽀끼가 진지한 눈빛으로

"아저씨는 아이들을 위해
와플을 많이도 만드나요?"

(주변 사람들 모두) "와하하."

뽀끼의 말

2013년 10월 23일

1

누나랑 한창

말다툼을 벌이다

결국

"여기가 누나 집이야?"

(이놈 봐라…)

2

소파 뒤에 숨더니

예쁜 목소리로

"아빠, 나 어디 있을께요?"

(아직 부족하구나…)

앙크의 불만

2013년 10월 27일

"뽀끼는 못됐어요.

맨날 양보한다고 하면서

양보를 권해요."

└ 누나가 고생이 많다

영리한 놈

2013년 11월 7일

비 오는 가을 오후 애들을 집에 데려오는 길
뽀끼와의 대화.

"집에 가면 뽀끼 혼나야겠어."

"왜요?"

"말을 안 듣잖아."

"내가요?"

"그래."

"언제요?"

"지금."

"무슨 말요?"

"우산 쓰라고 해도 안 쓰고, 빨리 오라고 해도 안 오고."

"우산 쓰고 빨리 오라고요?"

"그래."

"그래서 혼나야 해요?"

"그렇다니까."

"왜요?"

"말을 안 들으니까."

"내가요?"

"그래."

"언제요?"

"…빨리 와!"

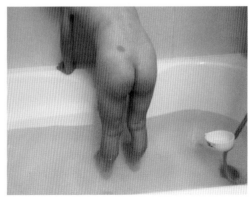

ㄴ 요 엉덩이를 팍 꼬집어 줘야겠어

잔꾀돌이

2013년 11월 26일

생일 케이크가 조금 남았다.

아침에 뽀끼한테 한 조각 주고

남은 한 조각은 앙크한테

학교 끝나고 집에 와서 먹으라고 했다.

저녁.

"앙크야, 케이크 먹어야지."

뽀끼의 눈이 반짝인다.

"넌 아침에 먹었으니까 안 돼."

뽀끼의 눈빛이 어두워진다.

앙크가 케이크를 조금 떠서

뽀끼에게 먹으라고 준다.

뽀끼가 아빠 눈치를 보면서 대뜸

"누나가 나 사랑해서 준대요."

ㄴ 이 교활한 꼬맹이

새벽 바다

2013년 11월 27일

방에서 나와 소파에 누워

새벽 어스름 속에 잠든 앙크 옆에

나도 함께 살며시 누워 본다.

창밖의 하늘 위로 잿빛 구름이 흘러간다.

지금 나와 내 딸은

밤새 몰아친 폭풍이 지나가는

검은 바다 위의 쪽배를 타고 간다.

└ 늘 함께 타고 가자. 네가 스스로 떠날 때까지

뽀끼는 참‥

2013년 12월 4일

1

아빠: 이거 누가 버렸어?

앙크: 난 아닌데요.

아빠: 뽀끼 이리와 봐.

뽀끼: (쪼르르 달려온다)

아빠: 쓰레기 아무 데나 버리면 돼요, 안 돼요?

뽀끼: 안 돼요. (배시시 웃으면서) 아빠 마음대로 하세요.

아빠: 이그, 귀여운 녀석.

2

뽀끼: 누나 놀아 줘.

앙크: 싫어.

뽀끼: 왜?

앙크: 내 맘이야.

뽀끼: 누나 맘만 있어? 내 맘도 있잖아!

언제나 즐거운 꼬맹이들

2013년 12월 7일

1

앙크: 아빠, 산타 할아버지의 아내 이름이 뭔지 알아요?

아빠: 응? 산타 할머니?

앙크: 클로스 부인이에요.

2

앙크: 바닷물을 너무 많이 마시면 안 돼요.

아빠: 왜?

앙크: 나트륨을 너무 많이 섭취하니까요.

그때 뒤에서 뽀끼가…

"나도 트림 많이 해!"

막 던지는구나

2013년 12월 11일

앙크: 나는 여왕이다!!!

뽀끼: (고민고민) 나는… 어왕이다!

ㄴ 붕어대왕이로구나

너무 다른 두 아이

2013년 12월 11일

1

이상주의자 뽀끼.

"아빠, 우주로 가고 싶어요!"

현실주의자 앙크.

"우주로 갈 돈이 없단다."

2

푸딩 하나를 가지고 두 놈이 번갈아 먹는데

뽀끼는 욕망에 충실한 자.

"이번에도 내 차례야!"

앙크는 원칙에 충실한 자.

"아직 네 차례야."

방사능 피폭 이틀째

2013년 12월 20일

잘 시간이 가까워지자 아빠가 장난감 치우라고 성화.

하루 종일 온 집 안을 어지럽힌 꼬마들

몇 번 혼나더니 치우는 시늉은 합니다.

하지만 늘 그렇듯 뿌끼는 하는 둥 마는 둥.

보다 못한 앙크가 버럭.

"야, 네가 어지른 거 치워야지! 내가 한 건 다 치웠다고!

얼른 치우란 말이야! 넌 왜 빈둥거리기만 해!

아빠, 쟤 좀 혼내 주세요!"

그러자 뿌끼가 심드렁한 얼굴로

"누나."

"왜?"

"시끄러."

12월 24일

2013년 12월 25일

오후에 앙크 먼저 찾고 뽀끼를 데리러 갔어요.

오늘은 산타 할아버지가 와서 선물을 주는 날이죠.

물론 아빠가 미리 보낸 선물.

뽀끼는 산타를 굳게 믿어요.

아니나 다를까.

어린이집에서 나오는 뽀끼 품에 선물 상자가 안겨 있었죠.

뽀끼는 싱글벙글.

아빠 뒤에서 앙크가 한마디.

"쟤는 정말로 산타가 온 줄 알아요.

그런 거 다 가짠데. 아직 순진해서 그래요."

(아, 앙크는 이제 산타를 안 믿…)

아빠의 생각이 채 끝나기도 전에 앙크가 한마디 덧붙여요.

"산타는 밤에 오는데."

ㄴ 그치? 뺀끼는 바아보~~

앙크는 동생 발을 손수 씻어 주는 자상한 누나가 되었습니다.
뽀끼는 엄청난 말을 쏟아 내며 모두를 웃기기 시작합니다.

2014

앙크 10살
뽀끼 6살

뽀끼의 말말말 1

2014년 1월 13일

1

저녁 늦게 온 가족이 이마트로.

장난감 코너에서 이것저것 구경하던 뽀끼.

눈이 휘둥그레져 달려온다.

"엄마, 아빠, 이거 너무 비싸요!"

"그래? 얼만데?"

"그건 모르지만 무지 비싸요."

2

엄마랑 누워서 뽀끼가

"애벌레를 손으로 터뜨리면 어떻게 돼요?"

"죽지. 하지만 애벌레도 아플 거야. 그러면 너무 불쌍하잖아, 그치?"

"음… 하지만 애벌레는 세상에 아주 많아요."

3

간만에 친구들 가족들과 펜션에서 하루 놀았어요.

세 가족이 모였는데 애들만 일곱.

거의 어린이집 수준.

뽀끼가 막둥이일 줄 알았는데

친구 놈이 뒤늦게 아들을 낳아

고놈이 꽁지입니다.

누나는 열여섯 살, 동생은 이제 두 살.

뽀끼가 그 꼬마를 보고

"아빠, 저 파란 옷 입은 아기

이제 내 부하가 되는 거예요?"

뽀끼의 말말말 2

2014년 1월 13일

1

하미가 뽀끼 선물로 내복을 사 오셨다.

마뜩잖은 표정으로 내복을 살펴보던 뽀끼.

"마음에는 안 들지만

선물이라니까 받을게요."

(배가 불렀구나, 돼지고기 같은 녀석)

2

"뽀끼야, 장난감 치워라."

"네, 근데…

좀 힘들어요. 하지만

제가 혼자 치울게요.

안 도와줘도 돼요.

나 대단하죠?"

(치운 다음에 말해라)

3

목욕하던 뽀끼.

"아빠,

동상에 걸리면

두 발이 붙어서

콩콩 뛰어다녀야 해요?"

(음, 재밌는 상상이로구나)

└ 생각이 많아지면서 더 '골 때리는' 우리 아들

동네 아저씨 같은 소리를

2014년 2월 26일

앙크: 국물이 뜨거워요!

뽀끼: 추울 때는 뜨거운 국물이 최고지!

└ 아, 그러세요, 영감님?

2014년 3월 4일

봄을 목전에 둔 어느 날

살랑살랑 바람 부는 동네 공원을

앙크 손을 잡고 걸어요.

아빠: 동그란 텔레비전도 있을까?

앙크: 내가 9년이나 살아 봤는데 한 번도 못 봤어요.

└ 아, 그러세요, 어르신?

뽀끼야, 아빠 널 믿는다

2014년 4월 16일

마음 같아서는 하루 종일 네 곁에 있고 싶지만,

너랑 놀아 주고 네 뺨에 얼굴을 비비고 싶지만,

아빠는 일을 해야 해. 미안해.

일하면서도 온통 네 생각뿐이야.

손가락이 아니라 눈물로 자판을 두드린다.

└ 아빠 많이 울었다

미안해, 트랜스포머 아냐

2014년 4월 20일

재활용 수거하는 크레인을 보고 넋을 잃은 뽀끼.

사내아이라 그런지 기계에 끌리네요.

저 모습으로 5분을 멍하니 서 있었어요.

얼마나 귀여운지…,

└ 뽀끼의 꿈은 트랜스포머 되기

다정한 오누이

2014년 5월 21일

뽀끼 발에서 냄새 난다고
손수 씻어 주는 앙크.

ㄴ 좋겠다 뽀끼는!

너란 놈은..

2014년 6월 18일

어제 뽀끼 인생 처음으로 친구를 집에 데려왔어요.

두 사내 녀석이 하도 어질러서 엄마가 나섰습니다.

"애들아, 우리 이거 치우고 놀자. 누가 빨리 치우나 시합할까?"

그러자 뽀끼가 대뜸

"그럼 난 심판할게."

ㄴ 너무 영악해…

앙크와 뽀끼는 동물 장난감 놀이 중

2014년 6월 19일

앙크: 코끼리의 좋은 점은 뭐야?

뽀끼: 코가 길어!

앙크: 그럼 사자의 좋은 점은 뭐지?

뽀끼: 힘이 세!

앙크: 그럼 판다의 좋은 점은?

뽀끼: 음·················· 없어.

(미안하다, 판다)

ㄴ 뽀끼에게 판다는 그냥 뚱뚱한 동물

잠자는 뽀끼

2014년 7월 19일

아가가 잠이 드니
세상이 고요하도다.

하지만 곧
이 꼬마 괴물이 깨어나면
땅이 갈라지고 폭풍우가 휘몰아치고
화산이 폭발하고 하늘에서 별들이 쏟아질 것이다.

└ 아름답고 보드라운 꼬마 악마

오늘의 뽀끼 어록

2014년 7월 20일

1

뽀끼가 뜬금없이

"아빠, 잘했어요!

아빠 덕분에 우리가 안전하게 놀 수 있어요.

고마워요.

대신 저금통에 돈 다 모으면

동전 하나 줄게요.

그걸로 우리 맛있는 거 사 줘요!"

(뭐지⋯)

2

이 더위에 애들을 데리고 자전거를 타러 나갔어요.

내리막길에서 뽀끼.

"아빠! 나 잘하죠? 나 다 컸어요!"

(풋)

3

삐질삐질 땀 흘리며 놀다가

아이스크림 하나씩 먹고 다시 집으로.

아까 그 내리막길(이제는 오르막길)에서

"뽀끼야, 네 자전거는 네가 끌고 올라가야지."

"난 아직 어려요."

ㄴ 뭐 그냥 똘똘해서 그렇다 치자

문맹 뽀끼의 엉망진창 끝말잇기

2014년 7월 29일

뽀끼: 산토끼.

아빠: 끼니.

앙크: 니? 니?···

이때 뽀끼의 훈수: 니미, 니미.

아빠: 표시.

앙크: 시각.

뽀끼: 각··· 각으린!

아빠: 장사.

앙크: 사주.

뽀끼: 주거써!

인생 뭐 있나. 아이스크림 먹으며 사는 거지

다 컸네, 우리 아들

2014년 8월 27일

물놀이 갔다가

정강이를 심하게 다친 아빠.

차에서 내리다가

그 정강이를 문짝에 쾅!

아빠: 으아아악!

뽀끼: 왜 그래요?

아빠: 다친 데 또 부딪혔어!

뽀끼: 세상에는 똑똑한 어른이 있고 바보인 어른이 있어요.

(?!?!?!? 설마 너 지금 아빠를…?)

웃으라고 그런 거지?

2014년 9월 22일

밤 9시에 배가 고프다는 뽀끼.

"이놈아, 지금 시간에 먹긴 뭘 먹어?"

"그래도 배고파요."

"으휴, 알았다."

아빠가 냉장고에서 키커 초콜릿 두 개를 가져옵니다.

"옜다, 하나씩 먹어라. 돼지 남매야!"

그러자 앙크는 까르르. 뽀끼는 뿌루퉁.

"누나! 아빠가 우리보고 돼지 남매래!
너무 화나! 우리 남매 아니잖아, 그치?"

어쩌란 말이냐

2014년 9월 25일

앙크가 밤에

"아빠, 요즘 잠을 못 자겠어요."

"왜? 무슨 걱정 있니?"

"아빠가 코를 안 골아서 잠이 안 와요."

(……)

ㄴ 애써 살 뺐더니…

말문이 막힌다

2014년 9월 25일

문맹 뽀끼가 애틋한 얼굴로 엄마에게

"엄마, 가나다라 잘 아는 머리가 좋아요,

행복한 머리가 좋아요?"

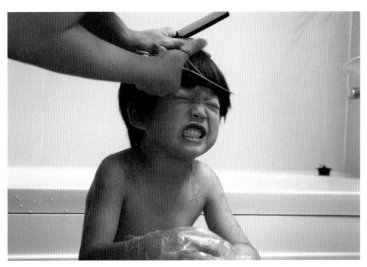

ㄴ 넌 머리가 너무 좋아

이기적인 뽀끼

2014년 9월 28일

앙크는 잠들고

늦게 퇴근한 엄마가 샤워하는 사이,

문틈으로 보니 뽀끼가 혼자 외로이

침대에서 뒹굴뒹굴.

"뽀끼야! 아빠가 놀아 줄게."

시무룩했던 뽀끼 얼굴에

팝콘처럼 하얀 미소가 폭폭 터져요.

그렇게 아빠랑 누워 스무고개 하면서 놀기를 20분.

화장실에서 엄마가 나오자마자,

"어휴, 이제 좀 가요!"

(너 따위 걱정하는 게 아니었어)

뽀끼와의 스무고개

2014년 9월 28일

뽀끼: 제가 낼 문제는 동물임니다!

아빠: 다리가 몇 개인가요?

뽀끼: 두 개임니다!

아빠: 두 개요? 그럼 새인가요?

뽀끼: 네, 그렇습니다!

아빠: 음…

뽀끼: 힌트를 줄까요?

아빠: 힌트? 주세요.

뽀끼: 알을 낳습니다!

(……)

뽀끼에게 친구란

2014년 10월 1일

"아빠! 저기 내 친구
두 마리가 가요!"

└ 유치원에 짐승들이…

아빠랑 모노폴리

2014년 10월 18일

초반에는 앙크가 승승장구.

"아빠, 돈 좀 나눠 드릴까요?"

"아빠 너무 불쌍해요."

"에구, 조금 있으면 행운이 찾아올 거예요."

후반 들어 아빠가 지은 호텔에 걸린 앙크.

한 방에 훅 갑니다.

"이씨, 봐 주지 말걸."

"아빠 너무해!"

"싫어! 싫어!"

(자본주의의 쓴맛을 봤으렷다)

2014년 10월 19일

저녁 늦게 퇴근한 엄마.
뽀끼가 품에 안기며 한마디.
"엄마, '오마이갓'은
'망했다!'라는 뜻이죠?"

└ 그렇지!

드디어 너도

2014년 10월 25일

화장실에서 뽀끼의 환호.

"아빠! 이제 어린이 변기 필요 없어!

엉덩이가 커졌어!"

└ 장하다. 이제 똥도 혼자 닦아야지

웃음이 힘

2014년 10월 28일

히히히. 하하하.

누나와 노는 뽀끼의 웃음소리.

그 소리를 막걸리에 타 마시며

아빠도 웃는다,

가슴의 바닥에서.

ㄴ 웃자 웃자 또 웃자

뽀끼의 인생 철학

2014년 10월 31일

일기장 안 가져가서

청소하느라 늦게 나오는 앙크를 기다리며

뽀끼랑 놀이터에서 그네 타고 있었습니다.

신 나게 그네 타던 뽀끼가 그러네요.

"아빠, 난 내 몸만 한 물고기를 낚고 싶어요.

하지만 내 맘대로 낚을 수는 없어요.

큰 거 잡을 때도 있고 작은 거 잡을 때도 있고

못 잡을 때도 있어요.

인생이 원래 그런 거잖아요."

(여섯 살 꼬맹이가 못 하는 소리가 없어)

앙크는 아빠 인생을 위로하고 응원하는 멋진 딸이 되었습니다.
뽀끼는 여전히 밝고 웃기고 씩씩한 아들이고요.

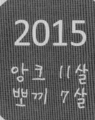

2015
앙크 11살
뽀끼 7살

양들의 해

2015년 1월 1일

새해 첫날,

양처럼 온순한 우리 앙크, 아빠 앞으로 쪼르르 달려와

"새해 복 많이 받으세요."

(착해라…)

양처럼 무지몽매한 우리 뽀끼, 아빠 앞으로 우악스레 달려와

"다음 크리스마스 선물 생각났어!"

(확 그냥…)

ㄴ 세상은 오로지 너를 중심으로

남자는 싫어

2015년 1월 2일

새해부터는 앙크랑 따로 자기로 했어요.

하루 걸러 한 번씩.

이제 초등학교 4학년이니

따로 잘 때도 됐죠.

아빠랑 떨어지는 걸 너무 싫어해서

일단 이틀에 한 번씩 떨어져 자기로 했어요.

어제는 그 첫날.

앙크가 계속 아빠 방에 있네요.

덩달아 뽀끼까지.

엄마한테 "아빠랑 자다 올게요" 하고 허락도 받았어요.

하지만 뽀끼는 책 읽는 아빠 옆에서 한참을 뒹굴더니

어느새 스르르 엄마 방으로 가서는

"남자랑 자니까 이상해."

(상남자구나 네가)

뽀끼에게 하비란

2015년 1월 7일

오늘은 하미의 생신.

다 같이 모여 저녁을 먹었어요.

엄마가 준비한 게살 수프, 양갈비, 한우 안심 구이로

다들 잔뜩 배를 채운 뒤,

아가들이 좋아하는 생일 케이크 등장!

두 꼬마가 불러 주는

"사랑하는 하미의~ 생신 축하합니다~~~."

하미 얼굴에 함박웃음 가득.

케이크 위에 얹은 각종 과일들.

엄마가 얼른

"이건 농약 묻어 있으니까 먹으면 안 돼."

하지만 하비가 포도 한 알을 날름 드시네요.

뽀끼가 하비를 보고

"어이구, 죽겠네."

(뽀끼는 하비를 젤 싫어해요)

세상은 너를 중심으로

2015년 1월 13일

어제 엄마랑 꼬마들이 오랜만에 극장에 다녀왔대요.
〈마다가스카의 펭귄〉인가 뭔가 하는 거 보러.
표 세 장을 사서 들어가기 전에 엄마가 뽀끼에게
"이거 저 누나 드리면서 '세 사람 왔어요'라고 말해."
입구에서 표를 건네는 뽀끼.
"세 장이야!"

└ '공손 돋는' 우리 아들

앙크의 위로

2015년 1월 17일

"아빠는 아빠도 없었고 엄마도 없었어요.

할머니도 없었고 할아버지도 없었고요.

누나도 없었고 동생도 없었어요.

아빠가 얼마나 외로웠을지 알 것 같아요."

ㄴ 딸이 아빠의 인생을 용서해 주는구나

이해한다, 네 기분

2015년 1월 19일

저녁을 먹고 있는데

뽀끼가 와서 놀아 달라고 떼를 써요.

그래서 장난으로

"넌 아빠 미워하잖아."

"아냐! 나 아빠 좋아해!"

"하지만 아빠랑은 안 자잖아. 엄마하고만 자고."

"그건 기분이 묘해서 그런 거야!"

└ ㅋㅋㅋ. 알았다

모자라 보여

2015년 1월 20일

뽀끼가 종이 박스를 가위로 잘라 뭔가를 만듭니다.

비싼 쓰리엠 테이프를 쫙쫙 뜯어 붙이면서요.

옆에서 엄마가 혀를 찹니다.

"그 비싼 걸 그렇게 막 쓰면 어떡해!"

뽀끼도 지지 않죠.

"필요하니까 그렇지!"

결국 뽀끼가 만든 것은

종이 박스….

ㄴ 뭘 하든 재밌으면 됐지 뭐

아빠보다 도넛

2015년 1월 21일

출근 준비로 바쁜 아빠.

앙크가 졸린 눈을 비비며 다가와

"몇 시에 돌아오세요?"

"늦을 거야."

"그러니까 몇 시요?"

"여덟 시쯤."

서운해하는 앙크의 표정.

매일 보는데도 아빠가 그리운 아이.

저만치 식탁에서 뽀끼가

"그래도 도넛은 맛있네!"

가정파괴자

2015년 1월 28일

아침에 아내에게서 온 문자.

'뽀끼가 침대 시트 찢어 놓고

스카치테이프로 붙여 놓은 거 이제 봤어.'

ㄴ 너 땜에 온 집 안이 너덜거리는구나

아빠가 사 주는 건데?

2015년 2월 3일

놀다가 집으로 가는 길.

차에 타자마자 뽀끼가 배고프다고

먹을 거 사 내라네요.

가는 길에 만두랑 찐빵 잘하는 집이 있길래

"만두 사 줄까?"

"싫어."

"찐빵 사 줄까?"

"싫어. 내가 먹을 건 내가 결정할래."

(네, 네, 그러셔야죠)

싫은 걸 어떡해

2015년 2월 5일

이따금 아빠랑 같이 놀러 가는 헤이리 어린이 토이 박물관.

엄마랑 잘 아는 관장님이 뽀끼에게 종종 장난감을 주시죠.

레고며 트랜스포머며 또봇이며.

단지 선물을 준다는 이유로 뽀끼는 관장님을 좋아합니다.

그 이유 말고는 없어요.

뽀끼는 남녀를 불문하고 못생긴 사람을 싫어하거든요.

이날도 역시나 뽀끼를 본 관장님이

반가운 마음에 얼른 장난감을 한 봉다리 가져와서는

마음껏 골라 가지라고 하십니다.

각종 동물과 공룡 인형들.

하지만 뽀끼는 심드렁.

아니나 다를까.

"이건 내가 좋아하는 장난감 아냐."

그 말에 충격을 받은 관장님, 뽀끼 엄마에게 다가가 허허 웃으며

"박 이사, 나 당신 아들한테 까였어…."

234

ㄴ 그러게, 왜 그런 걸 주셔서

어쩌면 천재적인

2015년 2월 6일

뽀끼가 태어나기 몇 달 전쯤

병원에서 기형아 수치가 높게 나왔다고

양수 검사를 해야 한다는 통보를 받았습니다.

그땐 정말 눈앞이 캄캄했어요.

진짜 가슴에 '대못펀치'를 맞은 기분.

결국 거금 70만 원을 들여 검사를 했죠.

얼마나 가슴을 졸였는지….

다행히 정상으로 나왔습니다.

기쁘고, 허망하고, 행복하고, 짜증나고….

그렇게 벌써 일곱 살이 된 우리 집 꼬마 괴물, 뽀끼.

기형아는 결코 아니지만

기형적 귀여움과 '땡깡'은

이미 그때 감지된 것입니다.

ㄴ '동글맹'. 귀여운 뽀끼의 또 다른 별명

아이들과의 10년을 돌아보며

아빠는

다정다감한 앙크를 보며

과거의 아픔에서 벗어나고

'명랑발랄'한 뽀끼를 보며

미래의 희망을 꿈꿉니다.

10년 전에는

이런 아이들과의 삶을 상상도 못 했지만

10년이 지난 지금은

두 아이가 없는 삶을 상상도 할 수 없어요.

아무리 내 자식이어도

늘 예쁘거나

늘 대견하거나

늘 행복하지는 않아요.

하지만 늘 사랑합니다.

미워도 사랑하고

슬퍼도 사랑하고

지겨워도 사랑합니다.

사랑하지 않는다고 믿을 때도 사랑합니다.

실은 어쩌면

아빠가 아이들을 키우는 게 아니라

아이들이 아빠를 키우는지도 몰라요.

사랑하는 법을 오래전에 잊은

철없는 어른 아빠에게

"자, 따라 해, 이렇게 하는 거야"라고

다시 사랑하는 법을 가르쳐 주면서.

ㄴ 너희 둘이 엄마 아빠의 희망이다

번역가 아빠의 잔혹명랑 육아 에세이

맨날 말썽 대체로 심술 그래도 사랑해

2015년 5월 5일 1판 1쇄

글·사진 이원경

편집 김재운, 권기원
디자인 장인숙
펴낸이 김이연
펴낸곳 정글짐북스
주소 서울 마포구 합정동 354-34 엘림오피스텔 605호
전화 070-8879-9621 **팩스** 032-232-1142
블로그 blog.naver.com/jgbooks **이메일** jgbooks@naver.com

ISBN 979-11-85082-26-4 03810

이 도서의 국립중앙도서관 출판예정도서목록(CIP)은 서지정보유통지원시스템 홈페이지(http://seoji.nl.go.kr)와 국가자료공동목록시스템(http://www.nl.go.kr/kolisnet)에서 이용하실 수 있습니다.(CIP제어번호: CIP2015010798)

*책값은 뒤표지에 표시되어 있습니다.
*잘못 만들어진 책은 구입하신 서점에서 바꾸어 드립니다.